I0684113

CAHIER

D'UN SEIGNEUR

DE NORMANDIE;

OU

PROJET

DE BIEN PUBLIC A FAIRE

AUX ÉTATS-GÉNÉRAUX.

(1789.)

V +

CAHIER

D'UN SEIGNEUR
DE NORMANDIE,

OU

PROJET

DE BIEN PUBLIC A FAIRE

AUX ÉTATS-GÉNÉRAUX.

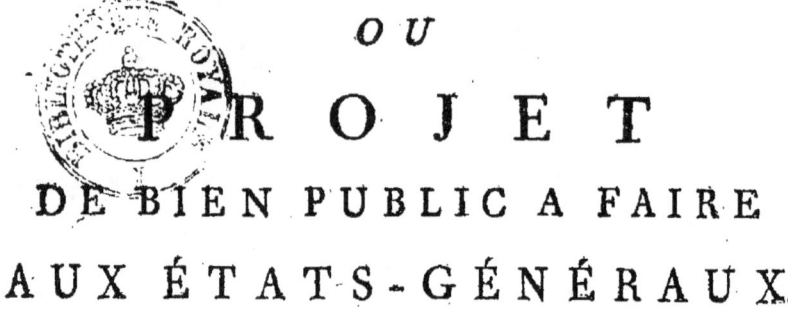

Rarâ temporum felicitate ubi sentire quæ velis & quæ sentias dicere licet. Tacit. Lib. 1.
Rares & heureux temps où l'on peut penser librement & dire ce que l'on pense.
Traduction de Rousseau.

Les vers, dit Voltaire, ne different de la prose que par leur
briéveté ; voilà poorquoi on a mis ce Cahier en vers.

CONNOISSONS de l'Etat la Constitution,
Souvent ses intérèts surpassent la raison. (1)
Unie avec son Roi, de trois Ordres formée,
Des Francs la Nation s'annonce dit constituée.

(1) C'est le principe de ce qu'on appelle raison d'Etat.

A

Pour tout impôt par tête on doit déliberer;
Pour tout autre intérêt par Ordre on peut voter.
Chaque Ordre étant égal , eh ! qu'importe le nombre ?
De trop s'en occuper, c'eſt courre après ſon ombre.
Tout bien tenant d'un Ordre eſt né ſon Député,
Par chaque Ordre le nombre en doit être fixé ; (1)
Et la fixation du Roi , de ſon Miniſtre,
N'étant que proviſoire, elle ne vaut point titre.
La Nobleſſe & le Tiers ſont bien repréſentés;
Mais le Clergé l'eſt-il , par plus de cent Curés ?
Du Cahier de Madon conſultez le Mémoire,
Leurs fonctions, leur état, l'uſage, notre Hiſtoire;
Donner aux ſeconds rangs trop de repréſentans ,
C'eſt renverſer la Loi , les rendre trop puiſſans.
Ces Presbitériens, bons Eccléſiaſtiques,
Par leur nombre ſeront illégaux , deſpotiques.
Tout Evêque aux États peut ſiéger librement, (2)
D'Abbés & de Prieurs il faut un ſupplément,
Et quelques Députés par l'état Monaſtique ,
Tel doit être aux Etats l'Ordre Eccléſiaſtique.
C'eſt donc un très-grand bien d'aſſembler les Etats ;
Un bon Père, un bon Roi, peut-il faire un faux pas,

(1) S'il s'éleve des difficultés à ce ſujet, les Etats les jugeront.

(2) Le Clergé de tout Dioceſe eſt compoſé d'un Chef qui eſt
l'Evêque à la tête de ſon Chapître , de Bénéficiers ſimples, & à charge
d'ames, qui en ſont les deux principaux membres ; de Religieux &
de Religieuſes qui ont fait vœu de clôture. Il eſt donc naturel que
chaque Dioceſe ait quatre Députés au moins aux Etats-Généraux ;
ſavoir , ſon Evêque, ou un Député du Chapître de l'Egliſe Collégiale
ou Epiſcopale; un Abbé ou un Prieur Bénéficier ſimple ; un Curé
Bénéficier à charge d'ame ; & un Député pour l'état Monaſtique,
choiſi dans le corps des Bénéficiers ſimples ou à charge d'ame.

Peut-il diminuer ſon auguſte puiſſance,
En chargeant les Etats d'en tenir la balance ?
Sans ſon conſentement on n'exécute rien,
Les Etats-Généraux toujours feront le bien.
Inſtrument odieux d'un affreux eſclavage,
Des Lettres-de-cachet on détruira l'uſage.
Miniſtre & Magiſtrat au Corps National
Doit rendre, par honneur, un compte triennal. (1)
Que la propriété ſoit à tous aſſurée,
Et notre liberté par la loi confirmée.
Tout terrein en commun, pour mieux ſe cultiver,
Doit en commun ſe vendre, ou doit ſe partager. (2)
Un chacun, s'il le veut, clôra ſon héritage,
Peut-on être privé d'un ſi grand avantage ?
Des atteliers publics ouverts aux mandians
Les empêcheront tous d'être des fainéants.
Que tout chemin royal par un droit de péage, (3)
Soit aux frais réparé de celui qui voyage.
En France comme à Rome : heureux Gouvernement !
Où l'on dit ce qu'on penſe, en penſant librement.
La liberté d'écrire enfante le génie,

(1) Tout ce qui n'eſt point ſurveillé, eſt ſujet à dépérir. Anciennement les Rois, pour empêcher ou réformer les abus, envoyoient dans les Provinces, des Commiſſaires ou Envoyés Royaux nommés *Miſſi Dominici*. Mais on voit peu de bons effets de leur miſſion.

(2) Ainſi plus de Communes, il n'y a que les riches qui en profitent.

(3) Dans pluſieurs Coutumes, on appelle *chemins péageaux*, ceux ſur leſquels les Seigneurs percevoient des droits de péage pour veiller à leur entretien & ſûreté ; & c'étoit la principale occupation de leur Juſtice, de condamner les malfaiteurs. A préſent qu'il y a des Juſtices Royales, & que le public paie les chemins, toutes ces Juſtices Seigneuriales ſont auſſi inutiles que nuiſibles.

On craint peu l'Ecrivain qu'on peut prendre à partie,
C'est un bien que chacun dife fon fentiment
Sur l'abus qui fe gliffe en tout Gouvernement.
Réformer la Juftice, eft un point néceffaire,
Les Etats pourront feuls en trouver la maniere.
Qui croiroit qu'un Auteur fameux & rénommé,
Au mérite préfere une vénalité?
L'Obfcurité des Loix les rendant un dédale,
Rend, felon Montefquiou, la Juftice vénale:
Aulieu de réformer le mal il le permet,
Et met au plus offrant le Juge & le Sujet.
Par de longs incidens la nouvelle Juftice,
Embrouille les procès pour avoir plus d'épice.
On croit jufte la Loi; mais fouvent le Plaideur
Se trouve embarraffé par un fin Procureur.
Tout Client veut finir promptement fon affaire,
L'affamé Défenfeur agit en fens contraire.
Tout eft charge & furcharge, & la vénalité
Eft un piège à l'honneur, même à la probité.
Les Abbés, les Seigneurs, chacun dans leurs Baillages,
Et ceux du Tiers-Etat, les plus favans & fages,
Devroient juger gratis, & provifoirement, (1)
Avant qu'un Magiftrat juge légalement.
Déeffe impitoyable, ô Thémis! ta balence
Ne fert qu'à pefer l'or de celui qui t'encence:
Aulieu d'avoir les yeux du vigilent Argus,
Un bandeau ceint ton front, ton vrai nom eft Plutus.

---

(1) Ces Juges provifoires, que pour des caufes de peu de confé-
quence les Parties choifiroient elles-mêmes, & d'accord dans l'étendue
du Baillage ou Sénéchauffée, s'appelleroient *des Juges de paix.*

Ton glaive eſt émouſſé par la faveur, l'intrigue,
Et ne perce ſouvent que les pauvres ſans brigue.
Thémis, que ſert ta loi, ſi pour te faire affront,
Par la forme on fait perdre un bon procès au fond ? (1)
Ton magique pouvoir fait des procès des hydres ;
De tes Cliens des fous, de tes Suppôts des tigres.
D'où vient l'impreſſion que fait, lorſque paroît,
En tout temps en tous lieux, un Homme de Palais ?
C'eſt que l'Etat, le Corps de la Magiſtrature,
Tel qu'il eſt aujourd'hui répugne à la nature.
En Hollande l'on voit, mais en France jamais,
Des Conciliateurs & des Juges de paix.
Le Romain érigeoit un Temple à la Concorde ;
Nos Palais ſont l'aſile où ſe plait la Diſcorde.
Si l'Etat de trois Corps ſe trouve compoſé,
De droit par ces trois Corps on doit être jugé.
Il faut un Rapporteur à chacune Partie, (2)
Pour l'une on ſe paſſionne, & pour l'autre on l'oublie.
N'ayez qu'un Rapporteur, & qu'il ſoit prévenu,
Avant d'être jugé, tel plaideur à perdu.
Ayez deux Rapporteurs, chachun ſe fera gloire
De faire à ſon Client remporter la victoire.
Comme au Conſeil du Roi, l'Avocat-Procureur,

---

(1) Quand un Plaideur manque dans la forme, ne peut-on pas le condamner à la réparer à ſes frais ? Eſt-il juſte que ſi ſon procès eſt bon au fonds, il le perde totalement ?

(2) Ce ſeroit une double occaſion aux Conſeillers, de s'inſtruire & de travailler : & chaque Partie iroit voir & inſtruire avec plus de conſiance ſon Rapporteur, qui ne négligeroit rien pour faire valoir ſes moyens & ſes titres.

De tout Plaideur sera l'unique défenseur. (1)

On fixera le temps, les frais de toute affaire :

Un même Tribunal sera Juge ordinaire ; (2)

A d'injustes Arrêts pour ne pas s'exposer,

Avec précision il faut les motiver.

Les Seigneurs connoissant l'abus de leur Justice, (3)

A l'Etat en feront le noble sacrifice ;

L'Etat reconnoissant paiera cher tous leurs droits.

Pour le bien général on fera quelques loix ;

Cela donnera lieu d'arrondir les Bailliages,

(1) Combien de frais, d'inconvéniens & de retards n'occasionnent pas deux Défenseurs ! L'Avocat fait un bon Mémoire, le Procureur l'extrait, l'arrange & le mutile à sa maniere dans des rôles qu'il a intérêt de multiplier. Le fonds & la forme, pour avoir de la force, de la suite & de l'unité, devroient avoir le même Auteur & Rédacteur ; & on devroit simplifier & imprimer la procédure & le fonds d'un procès, pour mettre le public à même de juger le tout.

(2) En réunissant aux Bailliages les Bureaux des Finances, les Présidiaux, cela formeroit un Corps considérable & respectable de Juges instruits dans différentes matieres, & pris dans les trois Ordres.

(3) Un Prieur Royal & haut-Justicier en Anjou, dans la procuration qu'il a passée devant M. le Cointre, Notaire à Paris, le 6 Mars, pour le représenter à l'Assemblée d'Angers pour la nomination des Députés aux Etats-Généraux, a requis qu'il y ait aussi des Abbés ou Prieurs qui soient Députés ; & a demandé la suppression des hautes-Justices Seigneuriales en Anjou, vu les abus irréformables, les inconvéniens, les gênes & les entraves qu'elles causent dans les lieux où elles sont situées ; ce qui empêche la liberté du commerce, & plusieurs Seigneurs & Bourgeois de demeurer dans leurs Seigneuries & maisons, pour n'être pas exposés aux désagrémens & jugemens d'Officiers à la nomination & aux gages des Seigneurs, trop crains & trop puissans dans leurs Terres, pour qu'on puisse espérer prompte & bonne justice contre eux, leurs Fermiers, leurs Vassaux, leurs Officiers, parens ou amis.

D'en former de nouveaux... ô Ciel! quels avantages!
Jugé par les États, l'Etat Provincial,
Fera notre bonnenr & le bien général.
Sur-tout point d'Intendans : ô Franee ! ta décadence
Eft l'effet trop certain de leur grande puiſſance.
Chaque pouce de terre, inculte ou cultivé,
Doit payer nn impôt pour être conſervé. (1)
l'Impôt univerſel doit être très-modique,
Se taxer par arpent pour n'être pas inique.
Qu'on attache à tout luxe, au nombre des valets,
L'impôt qui grêve trop de l'Etat les Sujets.
Sans réformer l'abus des énormes dépenſes,
On ne peut eſpérer de régler les finances :
Le ſage s'enrichit en perdant des beſoins,
L'Etat eſt libéré ſi l'on dépenſe moins.
Retournons ſur nos pas, faiſons comme nos peres,
Et par Manſes formons les Corps des Militaires : (2)
Comme en Savoye ayons des Corps Provinciaux ; (3)
Pour eux les Rois auront des Régimens Royaux.
Il faudra diſtinguer... Caiſſe Nationale,
Du Tréſor réuni de la Maiſon Royale.
Payons de bonne foi les detes de l'Etat,
Pour en tarir la ſource, il faut un concordat....
Plus de Salinators, avortons de fortune,
Ils s'élevent au-deſſus de perſonne commune,

(1) Cet impôt peut s'appeller *droit de conſervation.*
(2) Anciennement, & du temps de Charlemagne, les troupes ſe
fourniſſoient par Manſes ou Habitations, & ſuivant la quantité de terrein qu'on poſſédoit on y contribuoit à proportion.
(3) La Savoie & la Suiſſe ſont des modeles d'économie d'Admi-
niſtration.

Dès qu'ils roulent carroſſe , en habit gallonné,
Au dépens du public, du peuple infortuné.
Ah ! ſi le Roi ſavoit qu'on bat, qu'on empriſonne
Le malheureux Colon, qui défriche ou moiſſonne,
Quand par miſere il va puiſer l'eau de la mer,
Acheter du ſel blanc, le gris étant trop cher;
Que d'infames Commis une nombreuſe bande
Par-tout indécemment cherchent la contre-bande;
Qu'en calcinant au feu du verre les craſſiiers,
Les pauvres font du ſel chimiſtes fauſſonniers;
Que nuit & jour Gableurs & Sauniers s'entreſpionent
Pour un litron de ſel , ſe battent & s'entraſſomment.
Entre eux ſe déteſtant, déteſiés des humains,
S'ils quittent leurs métiers c'eſt pour être Mandrins;
Que bientôt l'on verroit réformer les Gabelles,
Et par-tout établir des Salines nouvelles.
Sur ce ſel on mettroit un impôt modéré,
Et le ſel librement ſe vendroit au marché.
Ce commerce augmentant le nombre des familles,
Donneroit des Soldats, des Marins très-utiles.
Chacun ſur ſon terrein peut détruire un lapin;
Il faít un trop grand tort à ſon maître, au voiſin.
Le lievre & la perdrix eſt gibier néceſſaire,
Il fait un tort léger, ſa courſe eſt paſſagere.
Pour conſtater un fait, puiſqu'il faut deux témoins,
En fait de pêche & chaſſe en peut-on prendre moins?
Point de banalité, point de rente fonciere,
Tous ces droits immortels engendrent la miſere.
Par compenſation on pourra tout payer;
Car de droit naturel, on peut ſe libérer.
Pour ſoulager le pauvre, helas! que l'on délaiſſe,

Chaque Paroisse aura de charité sa caisse;
S'ils avoient dans leurs mains l'argent des malheureux,
Tous les Curés pourroient, seuls être, & rendre heureux.
De dîmes les procès, l'inégal partage,
Trouble & gêne souvent leur plus pieux ouvrage.
Il faut donc les renter, les payer en argent,
Afin d'administrer gratis tout Sacrement.
Leur dîme appartiendra, suivant l'usage antique,
Au gros décimateur laïque, ecclésiastique.
Par les grands sentiments de l'honneur, du devoir,
Au bien de la Paroisse on le verra pourvoir.
Par quel droit la puissance, ou Civile, ou Papale,
A-t-elle pu donner aux Curés la novale ?
Pouvoit-on en priver les anciens possesseurs ?
Non... un Edit (de 1768) les rends aux gros décimateurs.
Cela ne suffit pas, il faut que la Justice,
Par droit rétroactif, à sa source l'unisse.
Pour remplir aisément leurs saintes fonctions,
Aux Pasteurs on paira de fortes pensions.
Tout Fief étant sorti du Fief Royal de France,
Tout Fief au Roi doit rendre aveu de sa mouvance.
Le Roi doit donc prescrire un terrier général,
Où tout Fief se reporte au Domaine Royal.
Faire payer tous ses droits, cens, rentes, arrérages,
Les Etats régleront le prix des apanages.
Chaque ordre peut payer tous ses Représentans.
Que les Corps de métiers, artisans, commercans,
Aux Etats-Généraux présentent leur Mémoire;
De leur rendre justice ils tireront leur gloire.
Plusieurs Cahiers ont dit, parlant du célibat,
Qu'il est contraire aux mœurs, au bien de tout état,

Quand la bouche prononce un vœu contre nature,
Le cœur peut-il jurer de n'être pas parjure?
Les Moines les Abbés, les Maltois Chevaliers,
Tôt ou tard pourront joindre aux mirthes des lauriers.
Que servent aux humains les vertus des vestales?
Les plus belles vertus sont vertus conjugales.
Par des vœux indiscrets, dans un triste couvent,
Par humeur, ou caprice, on se jettte souvent.
Que tout vœu soit annal, vu l'inscontance humaine.
Relevons de leurs vœux & le Prêtre & le Moine.
Enfin tout dans ce monde est si mal arrangé,
Qne l'on n'y voit que gêne, embarras, préjugé.
Quelles mœurs! quelles loix! le fils d'un pere noble
Est noble réputé; si sa mere est ignoble,
De mere noble issu, le fils n'a point le rang,
Si son pere est Bourgeois ou simple Paysan.
Un grain de sens commun exige le contraire,
A des signes certains un fils connoît sa mere.
De procès scandaleux, quand il entend parler,
De douter de son pere, eh! qui peut l'empêcher?
Le mâle pourra t-il annoblir la femelle,
Et ne pas consentir d'être annobli par elle?
Plus qu'au pere un enfant à la mere appartient,
Si sa mere est Bourgeoise il ne'st qu'un plébeïen.
Dans un fiecle de luxe & de libertinage,
Si la femme d'un Grand n'est ni noble ni sage,
Quels seront ses enfans? Des Grands abâtardis,
Sans goûte de sang noble, ils naîtront avilis.
Donc le rang & l'état des femmes & des meres,
Doit égaler l'état des maris & des peres.
La plus juste des Loix est l'ancien Tallion;

Il a rendu fameux Moyſe & Salomon.

Pourquoi ne pas punir, par une peine égale,
L'enfreinte du ferment de la foi conjugale ?
L'autorité, la Charge, annoblit un faquin,
Et la vertu rougit du Noble en parchemin.
Tout Sujet annobli, ſans vertus héroïques,
Sans belles actions, ſans faits patriotiques,
Moins qu'un Roturier... il eſt vil excogrif,
S'il eſt régiſtré Noble, il eſt Noble appocrif.
Après une victoire, au deſir d'une armée,
Ou plutôt au ſeul choix de la France aſſemblée,
On devroit annoblir les grands hommes d'Etat ;
Rendre illuſtre le nom-des héros au combat.
L'Indigénat ſe donne au nom de la Patrie,
Aux Sujets qui pour elle ont conſacré leur vie.
Des grands hommes la gloire ombrageant leurs enfans,
Doit ſervir d'aiguillon à tous leurs deſcendans.
Quelle honte ! d'élever au rang de la Nobleſſe
Ceux qui pour ſeul talent étalent leur richeſſe,
Sont du peuple oppreſſeurs, ou Légiſtes ſans loi,
Receveurs, chauffe-cire, ou courtiſans ſans foi.
Que les temps ſont changés ! autrefois les ſeuls Princes,
Les fameux Chevaliers, les Grands dans leurs Provinces,
Poſſédoient de l'Etat les grands Fiefs, les Comtés,
Les étrangers étoient exclus de nos Duchés.
Depuis qu'il eſt venu du fond de l'Hibernie,
Des cantons peu connus de Piedmont, d'Italie,
Des gens ambitieux, d'un médiocre talent,
L'honneur n'honore plus... tout va, Dieu ! ſait comment....
Regne de Saint Louis ! ô temp digne d'envie !
Dans de Nobles Maiſons où le Noble s'allie,

Où le preux Chevalier fe croyoit fortuné
D'époufer fans fortune un fujet diftingué ;
Où les Rois confolant l'indigente Nobleffe,
Récompenfoient en Rois leur antique proueffe ;
Un feul de leurs regards dans les cœurs abbattus,
Faifoit croître l'honneur, le germe des vertus.
Quand tout eft confondu, l'un fur l'autre anticipe,
Chacun alors agit fans plan & fans principe ;
Ne penfant qu'à foi-même, un chacun veut jouir
Des plaifirs de la vie, & fur-tout s'enrichir.
De la Chevalerie, ordre fâmeux & illuftre,
Symbole de l'honneur, qu'eft devenu ton luftre ?
Nos anciens Chevaliers, preux, fiers, francs, généreux,
Héros toujours galans, quelquefois amoureux,
Mais jamais corrompus, font regretter cet âge
Où la beauté reçut de la valeur l'hommage :
Les Etats affermis par le fang des Héros,
Mettent leurs defcendans au nombre des zéros.
La Roture eft le corps dont la Nobleffe eft l'ame ; (1)
L'ame de la Nobleffe eft l'honneur qui l'enflamme :
L'honneur, divine flamme, engendre les vertus,
Le glorieux tombeau du vice & des abus.
Sans Nobles, point de Roi ; Sans Roi la Monarchie
S'écroule au premier choc, & devient anarchie.
Si des Nobles le corps s'éteint & s'avilit,
C'eft un figne certain que l'Etat dépérit...

(1) Les trois Ordres ne peuvent fe divifer fans fe détruire. Cette unité Nationale n'eft-elle pas repréfentée fous l'emblême d'une belle & feule perfonne pour figurer la France ? L'Europe, l'Afie, l'Affrique, l'Amérique, & la Nature elle-même, ont-ils d'autres fymboles qui les repréfentent dans l'antiquité, & dans les Hiérogliphes de Valerien, que la figure humaine, le chef-d'œuvre du Ciel & de la Terre, qui ne peut fubfifter que par l'ordre & la concorde, l'union & la charité fraternelle & univerfelle.

Des antiques vertus jufqu'au nom incommode,
Du luxe l'Artifan devient l'homme à la mode...
Sans titre ou fans brevet, Barons, Comtes, Marquis,
Pairont une finance, à la taxe étant mis.
Tout Noble fans époque & d'illuftre naiffance,
Peut être ainfi titré fans payer de finance;
Sa nobleffe eft un don de la Divinité,
Que l'on croit plus ancien que toute Royauté.
Le Gentilhomme a fait le Roi qui le domine; (1)
A fes vertus, au Ciel il doit fon origine.
Les Annoblis, les Ducs font élus, font créés;
Mais les Nobles anciens fe font feuls engendrés:
Dans la nuit des temps fe cache leur naiffance,
Pour faire refpecter leurs droits, & leur puiffance.
Auffi-tôt que paroît l'époque du pouvoir,
De l'inconftance humaine, il n'eft que le miroir.
Aux Annoblis, fouvent on fait payer finance;
Du Noble à l'Annobli, telle eft la différence.
Toute Nobleffe acquife eft fujette au tarif,
On peut la rembourfer avec l'argent du Fifc.
Si l'on pouvoit trouver de Notre Loi Salique
Le titre primitif, l'autorité publique,
Suivant fes intêrets, pourroit l'interprêter,
Et penferoit avoir le droit de la changer.
Quel dépôt plus facré qu'une illuftre Nobleffe,
Qu'en Efpagne on connoît fous le nom de Grandeffe.
Colonne de l'Etat, enfant de la valeur,
Modele des vertus, fymbole de l'honneur,
Tels font les attributs du brave Gentilhomme.
L'ancien Patricien de la fuperbe Rome,
Quand Rome confondit le fang du Plébeïen

(1) *Reges ex Nobilitate, Duces ex virtuti fumunt.* T. de Mar. Germ.

Avec le plus pur fang du fier Patricien,
Rome s'aviliſſoit ; Rome étant avilie
Ne trouva plus de bras pour fauver la Patrie.
François, fouvenez-vous de tous ces preux guerriers,
Qu'après une victoire on faiſoit Chevaliers :
L'honneur régnoit alors... ô trop fiere Angleterre !
La France feule oſoit te déclarer la guerre.
Pour avoir mis l'Honneur, le Noble a prix d'argent,
Des voiſins les ſecours on mendie à préſent,
Les annobliſſemens par charge & par finances,
Le mélange du fang par tant de méſalliances,
Confondant les Etats, les goûts, les ſentimens,
Ont fait préférer l'or aux vertus, aux talens,
L'abaiſſement détruit le plus noble courage.
S'il s'élevoit du nord quelque nouvel orage,
Comment le conjurer ? L'égoïſte traitant,
Le tranquille Bourgeois, le fin Négociant,
Sont de bons Citoyens ; font-ils bons militaires,
Sont-ils faits pour garder de l'Etat les frontieres ?
Elever tout Etat au rang de la grandeur,
C'eſt trop dénaturer le champ où croît l'honneur.
Aux Aiglons à voler l'Aigle feul peut apprendre ;
Par l'exemple & les fens tout ſe tranſmet , s'engendre.
L'exemple de Clovis nous a fait tous Chrétiens.
La Loi Papinienne éleva Les Romains...
Soyons tous citoyens, ne mépriſons perſonne,
Mais conſervons l'honneur que la naiſſance donne.
D'impôt l'égalité détruira tous nos maux ;
Les ordres de l'Etat ne feront plus rivaux.
Conſervons des Etats le retour & l'uſage :
O Ciel ! bénis l'Auteur, d'un ſi parfait ouvrage.

www.ingramcontent.com/pod-product-compliance
Lightning Source LLC
Chambersburg PA
CBHW061442170626
46811CB00005B/2337